AF310871

Colardeau Lettres Amoureuses

D'Héloïse à Abailard

Traduction libre de pope

1763

Y+

LETTRE AMOUREUSE D'HÉLOÏSE A ABAILARD;

TRADUCTION LIBRE DE M. POPE:

ET

HEROIDE D'ARMIDE A RENAUD;

Sujet tiré de la JÉRUSALEM DÉLIVRÉE:
Avec le PATRIOTISME *, Poëme.*

Par M. COLARDEAU.

Nouvelle Édition , revue & corrigée par l'Auteur.

A PARIS;

Chez DUCHESNE , Libraire , rue S. Jacques
au-dessous de la Fontaine S. Benoît,
au Temple du Goût.

____

M. DCC. LXIII.
Avec Approbation & Permission.

ABRÉGÉ

DE LA VIE D'ABAILARD*.

PIERRE *ABAILARD* ** , moins célèbre par ses écrits que par son amour, naquit au Bourg de *Palais* en Bretagne l'an 1079. Dès sa jeunesse il cultiva les lettres , & vint étudier à Paris sous le fameux *Champeaux*. La réputation du disciple éclipsa la gloire & irrita l'orgueil du maître. *Abailard* fut obligé d'aller enseigner à Melun. Mais peu de tems après il revint dans la capitale , obtint un canonicat, imposa silence à *Champeaux* , & professa seul dans cette ville. Il en sortit de nouveau pour aller entendre les leçons d'*Anselme* de Laon. Sa destinée étoit de faire taire ses maîtres , & de les remplacer. Il ouvrit une école , & bien-

---

* Le morceau qu'on va lire est de M. Marin, Censeur Royal & de la Police. On le trouve à la tête d'une traduction en prose de l'Epitre de Pope. Cette traduction écrite avec beaucoup de chaleur, fait honneur à la plume qui l'a produite.

** D'autres écrivent Abalard, Abelard, ou Abeilard.

tôt celle d'*Anselme* fut déserte. Irrité de cet affront, celui-ci le fit chasser de Laon.

Abailard revenu à Paris, fit connoissance avec *Héloïse* ou *Louise* *, de la maison de *Montmorency*, d'autres disent bâtarde d'un Chanoine. C'étoit un prodige de génie & de beauté. Ces deux personnes supérieures à leur siecle, se virent, s'aimerent, & prirent des mesures pour se livrer sans contrainte à leur tendresse. *Héloïse* logeoit avec le Chanoine *Fulbert*, son oncle, homme aussi simple qu'avare. *Abailard* lui demanda un appartement chez lui, & offrit de lui payer une grosse pension, & d'instruire sa niece. *Fulbert* reçut la proposition avec plaisir, & permit à *Abailard* d'entretenir *Héloïse* le jour & la nuit, & même de la châtier, si elle étoit indocile aux leçons. Ces amans sçurent profiter de cette liberté, & vécurent heureux dans les bras de la volupté **. Ils tromperent pendant quelque tems

---

* Abailard donne à ce nom une origine plus sublime : il vient, selon lui, de l'Hébreu *Héloï*, qui signifie *Divinité*.

** *Sub occasione disciplinæ, dit Abailard, amori penitùs vacabamus, & secretos recessus quos amor optabat studium lectionis offerebat. Apertis itaque libris plura de amore quàm de lectione verba se ingerebant, plura*

les regards curieux des domeſtiques, mais in-
ſenſiblement ils prirent moins de précaution,
& ce commerce ſecret fut ſoupçonné, tranſ-
pira & devint public. L'oncle ſeul l'ignoroit,
& ne l'apprit que par des chanſons qu'il chan-
toit avec les autres, & dont il découvrit enfin
le ſujet. Furieux d'avoir été la fable de tout
Paris, & d'être trompé ſi indignement, il
maltraita ſa niece, & chaſſa honteuſement
Abailard.

Cependant cet amour avoit eu des ſuites :
Héloïſe étoit groſſe : elle en avertir ſon amant
qui la fit enlever, & l'envoya chez une de
ſes ſœurs en Bretagne, où elle accoucha d'un
fils, qu'on nomma *Aſtralabe*. Cet évenement
mit le comble à la douleur & à la colere de
Fulbert. *Abailard,* pour l'appaiſer, promit d'é-
pouſer ſa niece. Le Chanoine applaudit à ce
projet ; mais *Héloïſe*, par un excès d'amour ſin-
gulier, & par une délicateſſe ſans exemple,
aimoit mieux être la maitreſſe que la femme
d'*Abailard* ; elle réſiſta longtems, & conſen-
tit enfin à ce mariage, qu'on réſolut de te-
nir ſecret. Elle revint chez ſon oncle qui,
malgré ſa promeſſe, divulgua l'union de ſa
niece avec *Abailard*.

---

erant oſcula quàm ſententiæ , ſæpiùs ad ſinus quàm ad
libros reducebantur manus , &c.

Celuici, pour éviter un éclat qui lui auroît fait perdre son canonicat & ses écoliers, mit *Héloïse* au couvent d'Argenteuil, où elle portoit l'habit Religieuse, à l'exemple des autres pensionnaires. *Fulbert* croyant qu'on le trompoit encore, & qu'on méditoit une nouvelle perfidie, prit la résolution cruelle de se venger du même coup *d'Héloïse* & *d'Abailard*, en privant le dernier des parties qui l'avoient deshonoré. Il réussit dans ce projet barbare. Des scélérats introduits la nuit chez le malheureux Professeur, le réduisirent dans l'état *d'Origène*. Pour connoître les mœurs de ce siecle, nous remarquerons que *Fulbert* ne fut puni que par la perte de ses bénéfices, & par la confiscation de ses biens, & que deux des assassins subirent la peine du Talion ; encore le Pere *Théophile Rainaud* se récrie-t-il contre cette exécution qu'il appelle injuste & cruelle.

Un Auteur contemporain * observe que cet évenement causa des larmes à tout Paris, principalement aux femmes. » La nouvelle, dit-» il, de la mort d'un mari ou d'un amant, ne » leur auroit pas été aussi sensible que celle du » malheur « On eût cru qu'on renouvelloit

---

* Foulq. Lett. à Abailard.

cette fête des Anciens pendant laquelle les femmes célébroient le deuil de Vénus, à l'occasion d'un semblable désastre arrivé à son cher Adonis. Nous n'entreprendrons pas d'exprimer la douleur d'*Héloïse*. Les ames tendres & sensibles peindront à leur imagination le désespoir de cette amante infortunée.

Abailard, gueri de sa blessure, alla cacher sa honte dans le cloître de S. Denis. Il y prit l'habit de Religieux, & força *Héloïse* à suivre son exemple. Elle obéit, & en prononçant les vœux solemnels, elle tenoit dans ses mains & baignoit de ses larmes le dernier billet d'*Abailard*, dans lequel il lui juroit un amour éternel : » Je portois, dit-elle, en allant à l'au- » tel, le cœur de mon amant & le mien, & » mon sacrifice immoloit l'un & l'autre. «

Cependant la vie d'*Abailard* ne fut plus qu'un tissu de malheurs. Haï de ses Religieux, persécuté par eux, chassé de son monastere, flétri dans sa personne & dans ses ouvrages, enfermé dans une prison, délivré avec peine du cachot, errant, fugitif, manquant de tout, il se sauva près de Nogent sur-Seine, dans un désert devenu célèbre par son séjour & par celui d'*Héloïse*, & connu sous le nom de *Paraclet*. Il y bâtit un Hermitage, se nourrit d'herbes & de racines, attira, pour subsister, quelques écoliers que la perfécution lui enleva.

La fortune fembla fe laffer de lui être contraire. Il fut nommé Abbé de Saint Gildas ; mais il trouva parmi fes Moines des difgraces plus grandes encore que celles qu'il avoit effuyées. Après lui avoir fait fouffrir tout ce que la haine & la fureur peuvent infpirer, ces cruels attenterent plufieurs fois à fa vie ; ils voulurent l'empoifonner, ils chargerent enfuite des fcélérats de l'affaffiner ; n'ayant pu réuffir dans leur deffein criminel, ils entreprirent de le poignarder eux-mêmes. Il échappa de leurs mains, & alla chercher ailleurs une retraite.

Héloïfe devenue Supérieure de fa Communauté, n'avoit pas été plus tranquille. Les Moines de Saint Denis s'étoient emparés d'Argenteuil, & en avoient chaffé les Religieufes, qui fe difperferent. *Abailard* offrit au Paraclet un afyle à fa chere *Héloïfe*, qui s'y rendit avec plufieurs de fes compagnes. Ces deux amans, après bien des travaux, & par le fecours du Comte de Champagne & des Seigneurs du voifinage, fonderent une Abbaye, dont *Héloïfe* fut la premiere Abbeffe. *Abailard* y paffoit une partie de l'année ; mais la calomnie vint empoifonner la douceur dont il jouiffoit.

On lui fit un crime de ſes nouvelles liaiſons avec *Héloïſe* , comme ſi le triſte état où il étoit réduit , n'avoit pas dû l'exempter de tout reproche. On eſt indigné de voir *Théophile Rainaud* s'efforcer avec auſſi peu de critique que de décence , à prouver dans ſon *Traité des Eunuques* , que l'opération faite à *Abailard* * ne le mettoit pas à l'abri des ſoupçons.

Quoi qu'il en ſoit, ces deux époux ſe dirent un éternel adieu , & paſſerent le reſte de leur vie dans l'infortune & la triſteſſe. *Abailard* mourut dans l'année 1142 , à l'âge de 63 ans, & *Héloïſe* au même âge l'an 1164. Ils furent inhumés dans le même tombeau. Un Hiſtorien contemporain ** aſſure que , lorſqu'on deſcendit *Héloïſe* dans la tombe, *Abailard* ouvrit ſes bras , embraſſa ſon amante , & la tint ſerrée contre ſa poitrine. L'Auteur moderne de la vie d'*Abailard* a la bonne foi de rapporter cette fable , & d'en prouver la poſſibilité. L'Amour qui fait tant de miracles parmi les vivans, n'en fait point parmi les morts.

Au reſte , on n'a point parlé des Ouvrages ſçavans d'*Abailard* , ni des Lettres d'*Héloïſe* ,

―――――――――――――――――――

* Cette opération étoit de nature à ne laiſſer aucune reſſource à la concupiſcence.

** *Chron. Turon. in Not. ad Epiſt. Abel.* p. 1195.

qui attesteront éternellement son goût, son érudition & son amour. L'Epitre de Pope dont il s'agit ici, n'est qu'une imitation amplifiée de ces lettres. Ce morceau de Poësie, qui a fait tant de bruit en Angleterre, occupe depuis quelque tems les lecteurs François. La traduction libre de M. *Colardeau*, que nous allons donner, a obtenu & mérité les plus grands succès.

LETTRE
AMOUREUSE
D'HÉLOÏSE
A
ABAILARD.

Héloïse est supposée dans sa Cellule, occupée à lire une Lettre d'Abailard, & à y faire réponse.

ANs ces lieux habités par la seule inno-
cence,

Où regne, avec la paix, un éternel silence,

Où les cœurs, asservis à de séveres loix,
Vertueux par devoir, le sont aussi par choix;

Quelle tempête affreufe, à mon repos fatale,
s'élève dans les fens d'une foible Veftale ?
De mes feux mal éteints, qui ranime l'ardeur ?
Amour, cruel amour, renais-tu dans mon cœur ?
Hélas, je me trompois ! j'aime, je brûle encore !
O mon cher & fatal Abailard ! . . . je t'adore !
Cette Lettre, ces traits, à mes yeux fi connus,
Je les baife cent fois, cent fois je les ai lus.
De fa bouche amoureufe Héloïfe les preffe ;
Abailard ! cher Amant ! mais quelle eft ma foibleffe !
Quel nom, dans ma retraite, ofé-je prononcer ?
Ma main l'écrit ! . . . hé bien ! mes pleurs vont l'effacer :
Dieu terrible, pardonne, Héloïfe foupire.
Au plus cher des Epoux tu lui défends d'écrire ;
A tes ordres cruels Héloïfe foufcrit. . .
Que dis-je ? Mon cœur dicte . . . & ma plume obéit.
   Prifons, où la vertu, volontaire victime,
Gémit, & fe repent, quoiqu'exempte de crime ;
Où l'homme, de fon être imprudent deftructeur,
Ne jette vers le Ciel que des cris de douleur ;
Marbres inanimés, & vous froides reliques,
Que nous ornons de fleurs, qu'honorent nos cantiques ;
Quand j'adore Abailard, quand il eft mon Epoux,
Que ne fuis-je infenfible & froide comme vous ?
Mon Dieu m'appelle en vain du trône de fa gloire ;
Je cède à la nature une indigne victoire.
Les cilices, les fers, les prieres, les vœux,
Tout eft vain, & mes pleurs n'éteignent point mes
     feux.

Au moment où j'ai lû ces triftes caractères,
Des ennuis de ton cœur fecrets dépofitaires,
Abailard, j'ai fenti renaître mes douleurs.
Cher Epoux, cher objet de tendreffe & d'horreurs,
Que l'Amour, dans tes bras, avoit pour moi de charmes !
Que l'Amour, loin de toi, me fait verfer de larmes !
Tantôt je crois te voir de mirthe couronné,
Heureux & fatisfait, à mes pieds proflerné ;
Tantôt, dans les déferts, farouche & folitaire,
Le front couvert de cendre, & le corps fous la haire ;
Defféché dans ta fleur, pâle & défiguré,
A l'ombre des Autels, dans le Cloître ignoré ;
C'eft donc là qu'Abailard, que fa fidele Epoufe,
Quand la Religion, de leur bonheur jaloufe,
Brife les nœuds chéris dont ils étoient liés,
Vont vivre indifférens, l'un par l'autre oubliés !
C'eft-là que, déteftant & pleurant leur victoire,
Ils fouleront aux pieds, & l'amour & la gloire !
Ah ! plutôt écris-moi : formons d'autres liens,
Partage mes regrets … je gémirai des tiens,
L'écho répétera nos plaintes mutuelles,
L'écho fuit les Amans malheureux & fideles.
Le fort, nos ennemis ne peuvent nous ravir
Le plaifir douloureux de pleurer & gémir,
Nos larmes font à nous … nous pouvons les répandre,
Mais, Dieu feul, me dis-tu, Dieu feul y doit prétendre.
Cruel, je t'ai perdu, je perds tout avec toi.
Tout m'arrache des pleurs … tu ne vis plus pour moi

C'eſt pour toi...pour toi ſeul que couleront mes larmes.
Aux pleurs des malheureux, Dieu trouve-t-il des char-
   mes ?
  Écris-moi, je le veux : ce commerce enchanteur,
Aimable épanchement de l'eſprit & du cœur ;
Cet art de converſer, ſans ſe voir, ſans s'entendre ;
Ce muet entretien, ſi charmant & ſi tendre,
L'art d'écrire, Abailard, fut ſans doute inventé
Par l'Amante captive & l'Amant agité.
Tout vit par la chaleur d'une Lettre éloquente,
Le ſentiment s'y peint ſous les doigts d'une Amante.
Son cœur s'y développe ; elle peut ſans rougir
Y mettre tout le feu d'un amoureux deſir.
Hélas notre union fut légitime & pure !
On nous en fit un crime, & le Ciel en murmure.
A ton cœur vertueux quand mon cœur fut lié,
Quand tu m'offris l'Amour ſous le nom d'amitié ;
Tes yeux brilloient alors d'une douce lumiere ;
Mon ame, dans ton ſein, ſe perdit toute entiere.
Je te croyois un Dieu, je te vis ſans effroi.
Je cherchois une erreur qui me trompât pour toi.
Ah ! qu'il t'en coûtoit peu pour charmer Héloïſe
Tu parlois ... à ta voix tu me voyois ſoumiſe.
Tu me peignois l'Amour bienfaiſant, enchanteur...
La perſuaſion ſe gliſſoit dans mon cœur :
Hélas ! elle y couloit de ta bouche éloquente,
Tes levres la portoient ſur celles d'une Amante.
Je t'aimai ... je connus, je ſuivis le plaiſir ;
Je n'eus plus de mon Dieu qu'un foible ſouvenir.

Je t'ai tout immolé, devoir, honneur, fageffe,
J'adorois Abailard, & dans ma douce yvreffe,
Le refte de la terre étoit perdu pour moi :
Mon Univers, mon Dieu ; je trouvois tout dans toi.

    Tu le fçais ; quand ton ame, à la mienne enchaînée,
Me preffoit de ferrer les nœuds de l'hyménée,
Je t'ai dit, cher Amant, hélas, qu'exiges-tu ?
L'Amour n'eft point un crime, il eft une vertu.
Pourquoi donc l'afservir à des loix tyranniques ?
Pourquoi le captiver par des nœuds politiques ?
L'Amour n'eft point efclave, & ce pur fentiment,
Dans le cœur des humains, naît libre, indépendant.
Uniffons nos plaifirs, fans unir nos fortunes.
Crois-moi, l'hymen eft fait pour des ames communes,
Pour des Amans livrés à l'infidélité.
Je trouve dans l'Amour, mes biens, ma volupté.
Le véritable Amour ne craint point le parjure.
Aimons-nous, il fuffit, & fuivons la nature.
Apprenons l'art d'aimer, de plaire tour à tour,
Ne cherchons en un mot que l'Amour dans l'Amour.
Que le plus grand des Rois, defcendu de fon Trône,
Vienne mettre à mes pieds fon Sceptre & fa Couronne,
Et que m'offrant fa main, pour prix de mes attraits,
Son amour faftueux me place fous le dais,
Alors on me verra préférer ce que j'aime
A l'éclat des grandeurs, au Monarque, à moi-même.
Abailard, tu le fçais ; mon Trône eft dans ton cœur.
Ton cœur fait tout mon bien, mes titres, ma grandeur.

Méprisant tous ces noms que la fortune invente,
Je porte avec orgueil le nom de ton Amante;
S'il en est un plus tendre & plus digne de moi,
S'il peint mieux mon amour, je le prendrai pour toi.
Abailard, qu'il est doux de s'aimer, de se plaire !
C'est la premiere loi, le reste est arbitraire.
Quels mortels plus heureux que deux jeunes Amans,
Réunis par leurs goûts & par leurs sentimens,
Que les Ris & les Jeux, que le penchant rassemble;
Qui pensent à la fois, qui s'expriment ensemble,
Qui confondent la joie, au sein de leurs plaisirs,
Qui jouissent toujours, ont toujours des desirs !
Leurs cœurs, toujours remplis, n'éprouvent point de
   vuide,
La douce illusion à leur bonheur préside.
Dans une coupe d'or, ils boivent à longs traits,
L'oubli de tous les maux & des biens imparfaits.
Si l'homme, hélas ! peut l'être, ils sont heureux sans
   doute.
Nous cherchons le bonheur, l'Amour en est la route.
L'Amour mene au plaisir, l'Amour est le vrai bien.
Tel fut, cher Abailard, & ton sort & le mien.

 Que les tems sont changés ! ô jour, jour exécrable !
Jour affreux, où l'acier, dans une main coupable,
Osa ... quoi ! je n'ai point repoussé ses efforts !
Malheureuse Héloïse, ah ! que faisois-je alors ?
Mon bras, mon désespoir, les larmes d'une Amante
Auroient ... rien ne fléchit leur rage frémissante.

Barbares, arrêtez ! respectez mon Epoux !
Seule j'ai mérité de périr sous vos coups.
Vous puniſſez l'amour, & l'amour eſt mon crime !
Oui, j'aime avec fureur, frappez votre victime.
Vous ne m'écoutez pas ! le ſang coule ... ah ! cruels !
Quoi ! mes cris, quoi ! mes pleurs, paroîtront criminels ?
Quoi ! je ne puis me plaindre en mon malheur funeſte ?
Nos plaiſirs ſont détruits ! . . . ma rougeur dit le reſte :
Mais quelle eſt la rigueur du Deſtin qui nous perd !
Nous trouvons dans l'abîme, un autre abîme ouvert.

O mon cher Abailard, peins-toi ma deſtinée.
Rappelle-toi le jour, où de fleurs couronnée,
Où prête à prononcer un ſerment ſolemnel,
Ta main me conduiſit aux marches de l'Autel ;
Où déteſtant tous deux le ſort qui nous opprime,
On vit une victime immoler la victime ;
Où le cœur conſumé du feu de mes deſirs,
Je jurai de quitter le monde & ſes plaiſirs.
D'un voile obſcur & ſaint, ta main foible & tremblante
A peine avoit couvert le front de ton Amante.
A peine je baiſois ces vêtemens ſacrés,
Ces cilices, ces fers à mes mains préparés ;
Du Temple tout-à-coup les voûtes retentirent :
Le Soleil s'obſcurcit, & les lampes pâlirent ;
Tant le Ciel entendit avec étonnement,
Des vœux qui n'étoient plus pour mon fidele Amant !
Tant l'Éternel encor doutoit de ſa victoire !
Je te quittois. . . Dieu même avoit peine à le croire.

Hélas ! qu'à juste titre il soupçonnoit ma foi !
Je me donnois à lui quand j'étois toute à toi.

Viens donc, cher Abailard, seul flambeau de ma vie,
Que ta présence encor ne me soit point ravie !
C'est le dernier des biens dont je veuille jouir.
Viens, nous pourrons encor connoître le plaisir,
Le trouver dans nos yeux, le puiser dans nos ames.
Je brûle … de l'Amour je sens toutes les flammes.
Laisse-moi m'appuyer sur ton sein amoureux,
Me pâmer sur ta bouche, y respirer nos feux.
Quels momens, Abailard ! les sens-tu ? Quelle joie !
O douce volupté ! … plaisirs … où je me noye !
Serre-moi dans tes bras : presse-moi sur ton cœur.
Nous nous trompons tous deux, mais quelle douce
      erreur !
Je ne me souviens plus de ton destin funeste,
Couvre-moi de baisers … je rêverai le reste.
Que dis-je ! cher Amant, non, non, ne m'en crois
      pas.
Il est d'autres plaisirs, montre-m'en les appas.
Viens, mais pour me traîner aux pieds du sanctuaire,
Pour m'apprendre à gémir sous un joug salutaire,
A te préférer Dieu, son amour & sa loi,
Si je puis cependant les préférer à toi.
Viens, & pense du moins que ce troupeau timide
De Vestales, d'enfans, a besoin qu'on le guide,
Ces filles du Seigneur, instruites par ta voix,
Baissant un front docile & s'imposant tes loix,

Marcheront fur tes pas dans ce climat fauvage.
De ces remparts facrés, l'enceinte eft ton ouvrage;
Et tu nous fis trouver, fur des rochers affreux,
Des campagnes d'Eden l'attrait délicieux;
Retraite des vertus, féjour fimple & champêtre,
Sans fafte, fans éclat, tel enfin qu'il doit être:
Les biens de l'orphelin ne l'ont point enrichi,
De l'or du fanatique il n'eft point embelli.
La piété l'habite, & voilà fa richeffe.
Dans l'enclos ténébreux de cette fortereffe;
Sous ces dômes obfcurs, à l'ombre de ces tours;
Que ne peut pénétrer l'éclat des plus beaux jours,
Mon Amant autrefois répandoit la lumiere:
Le foleil brilloit moins au haut de fa carriere,
Les rayons de fa gloire éclairoient tous les yeux.
Maintenant qu'Abailard ne vit plus dans ces lieux,
La nuit les a couverts de fes voiles funebres,
La trifteffe nous fuit dans l'horreur des ténebres:
On demande Abailard, & je vois tous les cœurs,
Privés de mon Amant, partager mes douleurs.

Des larmes de fes fœurs, Héloïfe attendrie,
De voler dans leurs bras, te conjure & te prie!
Ah! charité trompeufe! ingénieux détour!
Ai-je d'autre vertu que celle de l'amour?
Viens, n'écoute que moi, moi feule je t'appelle.
Abailard, fois fenfible à ma douleur mortelle.
Toi, dans qui je trouvois Pere, Epoux, Frere, Ami;
Toi, de tous les Amans, l'Amant le plus chéri,

Ne vois-tu plus en moi ton Epouſe charmante,
Ta fille, ton amie, & ſur-tout ton Amante ?
Viens, ces arbres touffus, ces pins audacieux,
Dont la cime s'éleve & ſe perd dans les Cieux,
Ces ruiſſeaux argentés, fuyans dans la prairie,
L'abeille, ſur les fleurs, cherchant ſon ambroiſie,
Le Zéphir, qui ſe joue au fond de nos boſquets,
Ces cavernes, ces lacs & ces ſombres forêts,
Ce ſpectacle riant, offert par la nature,
N'adoucit plus l'horreur du tourment que j'endure.
L'ennui, le ſombre ennui, triſte enfant du dégoût,
Dans ces lieux enchantés ſe traîne & corrompt tout.
Il ſéche la verdure, & la fleur pâliſſante
Se courbe & ſe flétrit ſur ſa tige mourante.
Zéphir n'a plus de ſouffle, Écho n'a plus de voix,
Et l'oiſeau ne fait plus que gémir dans nos bois.

Hélas ! tels ſont les lieux où captive, enchaînée,
Je traîne dans les pleurs ma vie infortunée :
Cependant, Abailard, dans cet affreux ſéjour,
Mon cœur s'enyvre encor des poiſons de l'Amour.
Je n'y dois mes vertus qu'à ma funeſte abſence,
Et je maudis cent fois ma pénible innocence.
Moi, dompter mon amour, quand j'aime avec fureur !
Ah ! ce cruel effort eſt-il fait pour mon cœur ?
Avant que le repos puiſſe entrer dans mon ame,
Avant que ma raiſon puiſſe étouffer ma flamme,
Combien faut-il encor aimer, ſe repentir,
Déſirer, eſpérer, déſeſpérer, ſentir,

Embrasser, repousser, m'arracher à moi-même ;
Faire tout, excepté d'oublier ce que j'aime !

O funeste ascendant ! ô joug impérieux !
Quels sont donc mes devoirs, & qui suis-je en ces
       lieux ?
Perfide, de quel nom veux-tu que l'on te nomme ?
Toi, l'épouse d'un Dieu, tu brûles pour un homme !
Dieu cruel, prends pitié du trouble où tu me vois,
A mes sens mutinés ose imposer tes loix.
Tu tiras du cahos le monde & la lumiere,
Hé bien ! il faut t'armer de ta puissance entiere.
Il ne faut plus créer … il faut plus en ce jour,
Ii faut dans Héloïse anéantir l'Amour.
Le pourras-tu, grand Dieu ? Mon désespoir, mes
      larmes,
Contre un cher ennemi te demandent des armes ;
Et cependant, livrée à de contraires vœux,
Je crains plus tes bienfaits que l'excès de mes feux.

Cheres sœurs, de mes fers compagnes innocentes ;
Sous ces portiques saints, colombes gémissantes,
Vous, qui ne connoissez que ces froides vertus,
Que la Religion donne … & que je n'ai plus ;
Vous, qui dans les langueurs du zele monastique ;
Ignorez de l'Amour l'empire tyrannique ;
Vous enfin, qui n'ayant que Dieu seul pour Amant,
Aimez par habitude, & non par sentiment :
Que vos cœurs sont heureux, puisqu'ils sont insensibles !
Tous vos jours sont sereins, toutes vos nuits paisibles.

Le cri des paffions n'en trouble point le cours.
Ah ! qu'Héloïfe envie & vos nuits & vos jours !
Héloïfe aime & brûle au lever de l'Aurore,
Au coucher du foleil elle aime & brûle encore ;
Dans la fraîcheur des nuits elle brûle toujours.
Elle dort pour rêver dans le fein des Amours.
A peine le fommeil a fermé mes paupieres ,
L'Amour me careffant de fes aîles légeres ,
Me rappelle ces nuits , cheres à mes defirs ,
Douces nuits qu'au fommeil difputoient les plaifirs !
Abailard , mon vainqueur , vient s'offrir à ma vûe :
Je l'entends … je le vois … & mon ame eft émue.
Les fources du plaifir fe r'ouvrent dans mon cœur ;
Je l'embraffe … il fe livre à ma brûlante ardeur.
La douce illufion fe gliffe dans mes veines :
Mais que je jouis peu de ces images vaines !
Sur ces objets flatteurs , offerts par le fommeil ,
La raifon vient tirer le rideau du réveil.

Non , tu n'éprouves plus ces fecouffes cruelles
Abailard ; tu n'as plus de flammes criminelles,
Dans le funefte état où t'a réduit le fort ,
Ta vie eft un long calme , image de la mort.
Ton fang, pareil aux eaux des lacs & des fontaines ;
Sans trouble & fans chaleur circule dans tes veines.
Ton cœur glacé n'eft plus le trône de l'Amour,
Ton œil appéfanti s'ouvre avec peine au jour :
On n'y voit point briller le feu qui me dévore.
Tes regards font plus doux qu'un rayon de l'Aurore.

Viens donc, cher Abailard! que crains-tu près de moi?
Le flambeau de Vénus ne brûle plus pour toi.
Désormais insensible aux plus douces caresses,
T'est-il encor permis de craindre des foiblesses?
Puis-je espérer encor d'être belle à tes yeux?
Semblable à ces flambeaux, à ces lugubres feux,
Qui brûlent près des morts sans échauffer leur cendre,
Mon amour sur ton cœur n'a plus rien à prétendre.
Ce cœur anéanti ne peut plus s'enflammer.
Héloïse t'adore, & tu ne peux l'aimer.

Mais que sens-je? ô pouvoir! ô puissance suprême!
Quelle main me déchire & m'arrache à moi-même?
Tremble, cher Abailard! un Dieu parle à mon cœur.
De ce Dieu, ton rival, sois encor le vainqueur.
Vole près d'Héloïse, & sois sûr qu'elle t'aime.
Abailard, dans mes bras, l'emporte sur Dieu même;
Oui, viens… ose te mettre entre le Ciel & moi;
Dispute-lui mon cœur… & ce cœur est à toi.
Que dis-je? Non, cruel, fuis loin de ton Amante:
Fuis, cede à l'éternel Héloïse mourante.
Fuis, & mets entre nous l'immensité des mers:
Habitons les deux bords de ce vaste Univers.
Dans le sein de mon Dieu, quand mon amour expire,
Je crains de respirer l'air qu'Abailard respire;
Je crains de voir ses pas sur la poudre tracés.
Tout me rappelleroit des traits mal effacés.
Du crime au repentir un long chemin nous mene;
Du repentir au crime un moment nous entraîne.

Ne viens point, cher Amant, je ne vis plus pour toi.
Je te rends tes fermens , ne penfe plus à moi.
Adieu, plaifirs fi chers à mon ame enyvrée :
Adieu , douces erreurs d'une Amante égarée ;
Je vous quitte à jamais , & mon cœur s'y réfout :
Adieu, cher Abailard , cher Epoux … adieu tout.

O grace lumineufe ! ô fageffe profonde !
Vertu, fille du Ciel ! oubli facré du monde !
Vous qui me promettez des plaifirs éternels ,
Enlevez Héloïfe au fein des Immortels.
Je me meurs … Abailard , viens fermer ma paupiere.
Je perdrai mon amour en perdant la lumiere.
Dans ces affreux momens , viens du moins recueillir
Et mon dernier baifer & mon dernier foupir.
Et toi , quand le trépas aura flétri tes charmes ,
Ces charmes féducteurs , la fource de mes larmes ;
Quand la mort , de tes jours, éteindra le flambeau ,
Qu'on nous uniffe encor dans la nuit du tombeau;
Que la main des Amours y grave notre hiftoire ,
Et que le voyageur , pleurant notre mémoire ,
Dife : ils s'aimerent trop , ils furent malheureux.
Gémiffons fur leur tombe, & n'aimons pas comme eux.

FIN.

ARMIDE.

ARMIDE
A RENAUD;
HÉROÏDE.

AVERTISSEMENT.

LE succès de la lettre d'Héloïse à Abailard m'a déterminé à faire un nouvel essai sur ce genre de poësie, presque inconnu dans notre langue. Ovide en a fixé le caractère par le nom d'HÉROÏDE qu'il lui a donné. Il prend pour sujet les amours des Héros ou des personnages illustres. Il differe, en cela seulement, de l'Elégie, qui ne chante ordinairement que les amours des Bergers. Cette derniere, en gémissant sur des passions chimériques & de pure imagination, s'est décréditée par sa froideur. L'Héroïde a cet avantage sur elle , que , s'appuyant sur des faits historiques, ou sur une fiction reçue , elle a nécessairement plus de chaleur & plus d'intérêt.

L'Episode admirable d'Armide à Renaud , dans la Jérusalem délivrée , m'a fourni la fable & les situations. Je n'ai aucun doute sur la bonté de mon sujet , puisqu'il est celui du chef-d'œuvre de notre scene lyrique. On pourroit cependant m'objecter qu'il est trop connu , & qu'un Poëme & un Opera doivent l'avoir épuisé. J'ai suivi l'exemple d'Ovide ; qui, d'après Virgile, a fait sa lettre de Didon à Enée , & qui s'est copié lui-même dans celle de Médée à Jason. Il avoit fait une Tragédie sur ce sujet, qui n'est point parvenue jusqu'à nous. J'ai donc, comme lui , rassemblé dans une seule lettre & sous un même point de vûe les différentes parties d'un Episode répandues dans un Poëme. Heureux ! si j'ai mis à profit les beautés de mon modele , & si le suffrage du Public m'enhardit à consacrer quelques veilles à ce genre de poësie.

ARMIDE A RENAUD;
HÉROÏDE.

Farouche Européen, qui, des rives du Tibre,
Viens, au fein de la paix, troubler un peuple libre,
Et qui, dans tes fureurs, nous préparant des fers,
Veux à tes préjugés foumettre l'Univers.
Déteftable Croifé, Chrétien lâche & perfide,
Tremble, cruel Renaud! ... connois les traits d'Armide.
Tremble! ce ne font plus ces chiffres amoureux,
L'un dans l'autre enlâcés & garans de nos feux.
Ce n'eft plus cette Armide à tes loix enchaînée;
C'eft Armide en fureur, Armide abandonnée,
Et pour te peindre encore un plus preffant danger,
Armide qu'on outrage, & qui veut fe venger.

Doutes-tu que cet art, dont le pouvoir suprême
Commande à la Nature, aux enfers, au Ciel même,
Et qui, par l'ascendant d'un charme impérieux,
Rend un foible mortel plus puissant que les Dieux
Doutes-tu que cet art qu'employa ma tendresse,
Ne se ve également ma fureur vengeresse ?
Quoi ! sous le ciel épais des plus affreux climats,
Sur des monts couronnés par d'éternels frimats,
Sous ces pôles glacés, où froide & moins féconde,
La Nature languit aux limites du Monde,
J'aurai pû, dans des lieux sauvages & déserts,
Créer pour mon Amant, un nouvel Univers ;
Et je ne pourrai pas, quand le traître m'outrage,
Ainsi que mon amour, faire éclater ma rage !
Non, non, contre un ingrat armons les élémens.
Effrayons, par sa mort, les volages amans ;
Et que percé de coups, sous les murs de Solime,
L'infidele Renaud expire ma victime.
    Malheureuse ! où m'égare un désespoir mortel ?
Tu ris de mon courroux, & tu le peux, cruel.
Sans doute tu sçais trop qu'une Amante timide,
Tremblante & désarmée à l'aspect d'un perfide,
Foible encor pour l'objet de son amour trahi,
Sent qu'il est regretté bien plus qu'il n'est haï.
Moi, me venger ! de qui ? D'un mortel que j'adore,
Qui me fuit, mais, hélas ! que j'idolâtre encore !
Non, Renaud, ne crois pas qu'Armide en sa fureur,
Achette la vengeance au prix de son bonheur.

Il eſt vrai : quand l'Europe, à nous perdre animée
Déploya ſes drapeaux dans les champs d'Idumée,
Quand tes lâches Chrétiens, fanatiques cruels,
Vinrent venger leur Dieu dans le ſang des mortels,
Tremblante pour nos murs, tremblante pour mon pere,
Je jurai, dans l'ardeur d'une juſte colere,
De purger à jamais nos États opprimés,
De ces pieux brigands, au meurtre accoutumés.
En invoquant-les Dieux des rives infernales,
Bientôt j'allai ſemer dans vos tentes fatales
Cet eſprit de diſcorde & de rivalité,
Qu'entre les Héros même excite la beauté.
De vos chefs imprudens les ames diviſées
Offrirent à mes vœux des conquêtes aiſées,
Et je traînai captifs aux priſons de Damas
Ces ſuperbes Chrétiens, enchaînés ſur mes pas.

    Toi ſeul, cruel Renaud, dans ces jours de ma gloire,
A mon cœur indigné diſputas la victoire,
Et jettant ſur Armide un coup d'œil dédaigneux,
Lui préferas la guerre & ſes plaiſirs affreux.
Tu fis plus : non content d'inſulter à mes charmes,
Tu tournas contre moi tes invincibles armes.
Des eſclaves chrétiens ta main briſa les fers.
Ma honte, mon dépit remplirent l'Univers.
Armide, dans ces tems, à la haine livrée,
Contre un fier ennemi juſtement déclarée,
Étoit loin de prévoir que tu devois un jour,
Écraſer ſon orgueil ſous le joug de l'amour.

Ah ! lorsqu'abandonnant le fein de ta patrie,
Tu portois le ravage aux champs de la Syrie,
Quand le foufle infecté de ta noire fureur
D'une fureur égale empoifonnoit mon cœur,
Aurois-je pû penfer que pour toi plus humaine,
J'allumerois l'amour aux flambeaux de la haine ?

J'avois juré ta mort : au gré de mon courroux,
Un fommeil imprudent te livroit à mes coups.
Ah ! Dieux ! pourquoi ma main, dans cet inftant funefte ;
N'ofa-t-elle percer un cœur qui me détefte ?
J'ai frémi, malheureufe, & j'ai craint de frapper !
Mon bras en t'immolant, pouvoit il fe tromper ?
C'étoit Renaud, Renaud, ce guerrier imdomptable,
Ce foldat de Dudon, ce Héros redoutable,
Ce deftructeur barbare, armé contre les miens,
L'effroi des Mufulmans & l'appui des Chrétiens.
Mais Renaud n'avoit point cette armure terrible,
Ce cafque enfanglanté, qui le rend invifible,
Qui, le cachant alors, fous fon pannache affreux,
Eût enhardi mon bras en abufant mes yeux.
J'aurois bravé Renaud fous le poids de fes armes.
Mais Renaud défarmé n'eut pour moi que des charmes;
Tant d'attraits brillent-ils au front d'un ennemi ?
Je crois te voir encor fous un Mirthe endormi,
Les yeux appéfantis, fermés à la lumiere,
Mêlant aux doux Zéphirs ton haleine légere,
Sur un tapis de fleurs négligemment couché,
Tel qu'un jeune arbriffeau vers la terre penché,

Le front à découvert, la bouche à demi close,
Charmant... Semblable enfin à l'Amour qui repose.
Tes blonds cheveux flottoient, à l'aventure épars.
Un Dieu sembloit alors s'offrir à mes regards.

Dans mes mains, cependant, le poignard étincelle.
Je m'élance vers toi... je frémis... je chancelle.
Déjà je ne veux plus ni frapper ni punir.
J'aime Renaud !... je l'aime !... ai-je pû le haïr ?
Reçois, mon cher Renaud, ce doux baiser d'Armide.
Ce n'est plus la fureur, c'est l'amour qui la guide.
Il dort !... Vents, taisez-vous. Respectez son sommeil.
Dieux ! qu'il sera charmant à l'instant du réveil !
Il va me préférer à l'Europe, à la terre.
Il est fait pour l'amour & non pas pour la guerre.

Pour l'amour ! mais Renaud est né mon ennemi !
Il est vrai ; mais Renaud dans sa haine affermi,
Pourroit-il... je crains tout... enchaînons ma conquête.
Loin du camp des Chrétiens que le plaisir l'arrête.
Que le tissu de fleurs, celui de mes cheveux
Le serrent dans mes bras de mille & mille nœuds.
Partons & dans un char traversant l'Empirée,
Transportons mon Amant dans une isle ignorée,
Où mon amour jaloux soit certain de sa foi,
Où je sois toute à lui, comme lui tout à moi.

J'arrive : la Nature, en partageant ma joie,
Sur d'arides rochers s'embellit, se déploie,
Et se reproduisant au gré de mon amour,
Du plus affreux désert fait le plus beau séjour.

Au moment du réveil, quelle fut ta furprife !
Aux pieds de fon vainqueur, Armide étoit affife.
Cette fiere Princeffe, Armide dont le bras,
Quelques inftans plutôt s'armoit pour ton trépas;
Redoutant à fon tour de te voir inflexible,
Paroiffoit implorer le Dieu le plus terrible,
Et me livrant entiere à de juftes frayeurs,
J'embraffois tes genoux arrofés de mes pleurs.
Cher Renaud, t'ai-je dit, tu vois couler mes larmes,
Puiffent-elles fur toi ce que n'ont pû mes charmes !
Je t'aime, je t'adore, & mon cœur enflammé,
Pour prix de fon amour, demande d'être aimé.
Au trône de Solime en vain ton bras afpire.
Renonce à cet efpoir. Je t'offre un autre empire;
Un empire plus doux & plus digne de toi,
L'empire de mon cœur que je livre à ta foi.
Quitte ce fer horrible & cet airain barbare.
Laiffe agir le Croiffant & la triple Tiare.
Abandonnons au fort ces intérêts divers.
Ce palais, ces jardins, voilà notre Univers.
Viens, fuis moi, cher amant … viens … ce fombre
    bocage,
Ce Temple de l'Amour, & fon plus bel ouvrage,
Ce thrône de gazon, ces ombres, ces ruiffeaux,
Le fouffle du Zéphire, & le chant des oifeaux,
La Nature, en un mot, au plaifir nous appelle.
Le plaifir à tes yeux va me rendre plus belle.
Viens … tu me fuis !… l'Amour, dans nos em-
    braffemens,

De deux fiers ennemis fait deux tendres amans.
L'ardente activité de ses rapides flammes,
Fond nos cœurs, les unit, & concentre nos ames.
D'un seul & d'un même être il vient nous animer.
Renaud vit de ma vie, & je vis pour l'aimer.

Que j'étois loin alors de te croire un perfide !
Rien ne troubloit le cœur de l'amoureuse Armide.
O jour délicieux ! ô fortunés momens,
Où les plus doux baisers scellerent nos sermens !
Au coucher du soleil, au lever de l'aurore,
Cent fois tu me disois, » Armide … je t'adore !
» Que tu me fais haïr les jours, les tristes jours,
» Où le Dieu des combats m'enlevoit aux Amours !
» J'ai vécu sans t'aimer, ô ciel ! & j'ai pû vivre !
» Pardonne … foible alors & ne pouvant poursuivre,
Tu laissois échapper de tes yeux attendris
Ces larmes de l'Amour plus douces que les ris,
Et te précipitant au sein de ta maitresse,
Passant de la douleur à la plus tendre yvresse,
Tu me faisois goûter au sein des voluptés
Des plaisirs toujours vifs & toujours répétés.
Nous expirions d'amour ; mais nos levres actives
Fixoient, par des baisers, nos ames fugitives,
Ou plutôt nos deux cœurs, émus par les plaisirs,
Voloient de l'un à l'autre, & suivoient nos soupirs.
Dans ces embrassemens, que je me crus heureuse !
Je me livrois entiere à ta flamme trompeuse,
Et j'étois loin encor, trop loin de soupçonner,
Que mon volage Amant voulût m'abandonner.

O jour, jour odieux, jour à jamais funeste,
Et dont, pour mon tourment, le souvenir me reste ;
Épouvantable jour, que je n'ai pû prévoir,
Dois-je, en te rappellant, combler mon défespoir ?

Je ne fçais quels mortels, deux Chrétiens que j'ab-
   horre,
Secourus par un Dieu que je hais plus encore,
Franchiſſant, malgré moi, ces rochers fourcilleux,
Dont les flancs efcarpés te cachoient à leurs yeux,
Viennent, & te parlant de gloire & d'héroïfme,
Rallument dans ton cœur le feu du fanatifme.
Les barbares bientôt t'arrachent de mes bras ;
Du fein des voluptés tu voles aux combats.
Tremblante, je m'écrie, arrête, ingrat !…. arrête !
Tu ne m'écoutes point ! déjà la voile eſt prête.
L'air retentit au loin de mes cris fuperflus.
Ton vaiſſeau part, fuit, vole… & je ne te vois plus.

Mes fanglots, mes clameurs rempliſſent le rivage.
Je me traîne en pleurant vers ce charmant boccage,
Vers ce berceau chéri, témoin de nos plaifirs.
L'écho, le feul écho répond à mes foupirs.
Par mes cris redoublés vainement je t'appelle.
Foible alors & cédant à ma douleur mortelle,
Je tombe fur ce lit de verdure & de fleurs,
Où mes baifers payoient tes baifers impofteurs,
Où te cherchant encor, j'étends mes mains trem-
   blantes,
Où je n'embraffe plus que des ombres errantes.

O ciel ! il eſt donc vrai que mon amant me fuit !
Triſtes Divinités de l'infernale nuit.,
A mes accens plaintifs ſortez du noir empire ;
Embrâſez ce palais que l'Amour ſçut conſtruire.
Volez , portez partout le fer & les flambeaux.
Ravagez ces jardins , deſſéchez ces ruiſſeaux.
Anéantiſſez tout , l'Univers & moi-même.
Mais épargnez encor le perfide que j'aime.
Qu'il vive !… il vit l'ingrat , & ſon barbare cœur
Peut-être eſt inſenſible aux cris de ma douleur !
Le croirai-je , Renaud , que ton ame infidelle
Joigne à ce titre affreux le titre de cruelle ?
M'abandonneras-tu ſur ces rocs calcinés ,
Sur ces triſtes ſommets , de ta fuite étonnés ;
Où depuis ton départ , la Nature engourdie
Expire loin du Dieu qui lui donnoit la vie ;
Où je ne puis enfin par mes enchantemens ,
Ce que pouvoit un ſeul de tes regards charmans !

Non , Renaud : prends pitié d'une Amante égarée ;
Criminelle pour toi , pour toi dénaturée.
Pour toi j'ai tout quitté , mon pere , mon pays ;
Mes devoirs , mes ſermens , je les ai tous trahis :
De quel œil , de quel front oſerois-je paroître
Dans les murs de Damas , que tu détruis peut-être ;
Dans ces murs malheureux où j'ai reçu le jour ,
Dont j'immolai la gloire aux ſoins de mon amour ?
Parle : dois-je montrer à la terre étonnée ,
Armide dans les pleurs , Armide abandonnée !

Puis-je enfin , fans rougir , expofer à fes yeux
Mon déshonneur ... ce prix dont tu payas mes feux ?
Mais que dis-je ? Eft-ce à moi de redouter la honte ?
Je t'aime avec fureur , & l'amour la furmonte.
Permets que ton efclave accompagne tes pas ;
Traîne-moi dans ce camp , où mes foibles appas
Allumerent des feux de difcorde & de haine.
J'enchaînai des Chrétiens ... venge-les & m'enchaîne!
Je ne demande plus à mon cruel vainqueur
Que du beau nom d'Amante il flatte ma douleur.
Dans fon camp , près de lui , s'il permet que je vive ,
Je ne veux que le titre & le rang de captive.
J'en prendrai , fans rougir , les vêtemens affreux.
Déjà j'ai dépouillé ces treffes de cheveux
D'un front couvert d'ennuis , inutile parure.
J'abhorre des attraits qui n'ont fait qu'un parjure.

Oui, Renaud , laiffe-moi voler à tes genoux.
Efclave & dans tes fers , mon fort fera plus doux.
Quels foins je te rendrai ! quand le Dieu des batailles
T'entraînera fanglant au pied de nos murailles :
Tremblante pour tes jours , je couvrirai ton fein
D'un fer impénétrable , & du plus dur airain.
Moi-même je ceindrai ta redoutable épée.
Enfin , que te dirai-je ? A te plaire occupée ,
Redoutant de te perdre , & marchant fur tes pas ;
Armide te fuivra dans le choc des combats.
L'or de ton bouclier , ta cuiraffe pefante
Ne pourront raffurer ta malheureufe Amante.

Craignant à chaque dard par l'ennemi lancé ;
Que tout ingrat qu'il est , ton cœur n'en soit percé,
Le sein , le sein tremblant de la fidele Armide ,
Contre ces traits mortels , te servira d'Egide.
Heureuse , si bientôt expirante à tes yeux ,
Tu connois tout le prix d'un amour malheureux !

    Mais , que dis-je ? Où m'emporte un espoir qui
       m'égare ?
Ah ! cruel , je prévois ta réponse barbare !
» Armide , me dis-tu , j'ai dû trahir tes feux.
» J'aime un Dieu moins facile & plus grand que tes
       » Dieux.
» Je suis Chrétien. Ma loi rigoureuse & sévère
» M'accusoit dans les bras d'une femme étrangère.
» Aux pieds d'une idolâtre , en esclave enchaîné,
» La gloire gémissoit dans mon cœur mutiné.
» Sur des aîles de feu, la grace descendue
» Chasse enfin le nuage épaissi sur ma vue.
» De mes sens abusés je connois les erreurs.
» Imite-moi ; renonce à des plaisirs trompeurs.
» Ne viens point : vis heureuse en oubliant un traître ;
» Qui le fut par devoir , & qui gémit de l'être.
» Je te dis , en pleurant , un éternel adieu.
» Je te plains … mais enfin j'obéis à mon Dieu.

    A ton Dieu ! quoi ! c'est toi qui m'opposes son culte
Ce n'est donc plus l'amour que ton ame consulte ?
Mais réponds : dans l'instant où , maître de tes vœux ;
Tu pouvois dédaigner ou couronner mes feux ,

Pourquoi m'avoir caché cet obstacle invincible ?
Ton Dieu dans ce moment étoit-il moins terrible ?
Ah ! cruel ; libre alors d'aimer ou de haïr ,
N'as-tu choisi d'aimer que pour mieux me trahir ?

 Non , tu n'es point le fils de la belle Sophie.
Non ; ne te vante point de lui devoir la vie.
Le Caucase, au milieu des neiges , des glaçons ,
Te conçut dans la nuit de ses antres profonds ;
Ou la Mer en fureur , te roulant dans son onde ,
Te vomit sur ses bords pour le malheur du Monde.
Ingrat , il te siéd bien de vanter ta vertu ,
D'opposer à l'amour un devoir prétendu !
Va , crois-moi : désormais cesse de te contraindre.
Tu feignis de m'aimer , & tu feins de me plaindre :
Laisse-moi mes douleurs ; ah ! je dois les chérir
Si par elle du moins j'apprends à te haïr !
Ne crois point, cependant, que seule dans les larmes ,
Je maudirai l'Amour , & Renaud , & mes charmes.
Eumenide cruelle , attachée à tes pas ,
Je te suivrai par-tout , dans ta tente , aux combats,
Par-tout te reprochant ton crime & ton parjure ;
Je te ferai sentir les tourmens que j'endure.
J'en mourrai : mais bientôt abusé dans tes vœux ,
Tu descendras toi-même au séjour ténébreux ,
Et satisfaite alors , mon ombre ensanglantée
Sans cesse poursuivra ton ombre épouvantée.
La voûte des enfers mugira de mes cris.
Vois si tu veux , ingrat , me trahir à ce prix.

Qu'ai-je dit ? Vains projets d'une amante insensée !
Qu'un plus doux avenir vient flatter ma pensée !
Va, je ne te hais point ; va, je sens que mes pleurs
Dans mon ame attendrie ont éteint mes fureurs.
Quel que soit ton parjure & mon dépit extrême,
Renaud, mon cher Renaud,, il est vrai que je t'aime.
Écoute : tu m'as dis que ta religion,
Que l'amour des combats, que ton ambition,
Et je ne sçais encor quel serment homicide
Te forçoient malgré toi d'abandonner Armide.
Hé bien ! connois l'excès, le pouvoir de mes feux.
Je renonce à mon culte, & j'abjure mes Dieux.
Sois le mien désormais. Idolâtre ou Chrétienne,
Armide n'aura plus d'autre loi que la tienne.
Détermine, à ton gré, ma créance, mes mœurs.
Je n'examine rien : soit vertus, soit erreurs,
Tes devoirs sont les miens, & je suis tes exemples.
Déjà ton Dieu m'est cher. Conduis-moi dans ses
    Temples.
Heureuse, si bientôt, par des nœuds éternels,
Il unit nos destins au pied de ses autels !
Trop heureuse, en un mot, si, par l'amour conduite,
Ta main, sur les débris de Solime détruite,
Daigne ceindre mon front du bandeau nuptial ;
Si, quittant à jamais un séjour trop fatal,
Tu me fais voir au Tibre ébloui de ta gloire,
Assise à tes côtés sur ton char de victoire !

J'ofe exiger ce gage & ce prix de ta foi.
Je pars , dans cet efpoir , pour me rejoindre à toi ;
Et quel que foit le fort qui m'attende à Solime ,
J'y vivrai ton époufe , ou mourrai ta victime.

FIN.

LE
PATRIOTISME,
POËME.

E Peuple enorgueilli de l'Empire des
Mers ,
Qui divise l'Europe & trouble l'Univers ;
L'Anglois se croit-il donc le Souverain
du Monde ?
Eh ! quel est le triomphe où son orgueil se fonde ?
Voit-on ses pavillons arborés dans nos ports ?
Je ne vois que son sang qui fume sur nos bords.
Que de l'Américain possédant les contrées ,
Il ferme à nos vaisseaux les Mers hyperborées ;
Que de l'or du Brâmine usurpateur jaloux ,
Aux rivages du Gange il l'emporte sur nous :
Croit-il nous étonner par ce foible avantage ?
Rome n'a point tremblé des succès de Carthage.

Si LOUIS désira que l'Univers calmé
Vît enfin de Janus le Temple refermé ,

Ce n'est point d'une main suppliante & craintive
Qu'aux bords de la Tamise il fit porter l'Olive.
Il n'a deshonoré ni son rang, ni son cœur.
Sans paroître vaincu, sans se croire vainqueur,
Ce Monarque vouloit qu'on mît dans la balance
Les droits de l'Angleterre & les droits de la France;
Qu'au gré de l'Équilibre & de l'Égalité,
Les deux Peuples rivaux signassent le Traité.
Sans doute il étoit loin d'employer l'artifice,
Et la Paix devenoit le fruit de sa justice :
Mais, puisqu'on veut la vendre & nous donner la loi,
Il la voulut en Pere, il la refuse en Roi.

STANLEI, Toi qui portas ce refus à ton Maître,
Que Londres par ta bouche apprenne à nous connoître:
Du commerce étranger nous fermant les canaux,
Londres se promettoit des triomphes nouveaux.
Elle a cru que pressés du fardeau des subsides,
Nous allions à ses fers tendre des mains timides.
Dis-lui, STANLEI, dis lui que le cultivateur
Seme en paix les trésors qui font notre grandeur;
Que la main qui féconde & moissonne la terre,
Est prête, s'il le faut, à lui porter la guerre.
Dis-lui que le François est encore aujourd'hui
Ce qu'il fut dans des tems où l'on trembloit pour lui.

Le dernier de nos Rois, après trente ans de gloire,
Vit, loin de ses drapeaux, s'envoler la Victoire.
Mais, intrépide & fier sur son trône ébranlé :
« Non, dit-il, mon malheur n'est point encor comblé.

» J'appellerai mon peuple. Unis par le courage,
» Le pere & les enfans iront braver l'orage.

Que son auguste Fils éleve aussi la voix.
Sur les mêmes Sujets il a les mêmes droits.
A des abaissemens pensiez-vous le contraindre ?
Nous l'aimons ; il peut tout ; c'est à vous de le craindre.

Mais pesons nos vertus & comparons nos mœurs.
Vous, fiers républicains, vous superbes vainqueurs,
Qui couvrant de vaisseaux la surface de l'onde,
Rassemblez dans vos murs les richesses du Monde ;
Quoi ! pour armer vos bras, pour ouvrir vos trésors,
Il faut donc que la Cour, par de secrets ressorts,
A travers vos débats, vos lenteurs importunes,
Captive le suffrage & les voix des Communes !
Cependant, ces François que votre orgueil jaloux
A privés d'un commerce interrompu par vous,
Qui ne vont plus chercher aux deux bouts de la terre
L'or que vous ravissez par une injuste guerre ;
On les voit, ces François, ces zélés Citoyens,
Prodiguer à leur Prince & leur sang & leurs biens.
On porte au pied du Trône un tribut volontaire,
Et Paris a donné quand Londres délibere.

Ce luxe à nos climats reproché tant de fois,
La pompe de la Cour, le faste de nos Rois,
Ces vases, ces métaux qu'étale l'opulence,
Ces chef-d'œuvres des arts dont s'embellit la France
On a vû notre zele en immoler l'éclat
A la gloire des Lys, au soutien de l'Etat.

Les Sujets, du Monarque imitoient les exemples.
Du sein de leurs Palais & du fond de leurs Temples,
Les Prélats & les Grands envoyoient à leur Roi
Ces dons de leur amour, ces gages de leur foi ;
Et le pauvre, sensible à la gloire commune,
Pour la premiere fois pleura son infortune ;
Malheureux seulement, sous ses toîts ruinés,
De ne posséder pas des biens qu'il eût donnés.

Toi, le Maître & l'Ami d'un peuple qui t'adore,
LOUIS, quel noble espoir doit t'animer encore !
Une plus belle ardeur embrâse nos esprits.
L'audacieux Anglois, trop fier de nos débris,
Contemplant de nos Ports l'enceinte abandonnée,
Croit déjà voir la France à ses pieds enchaînée.
Il croit que désormais, sur l'empire des Eaux,
Lui seul fera tonner l'airain de ses vaisseaux ;
Qu'aux éclats de sa foudre, ou foibles ou captives,
Nos flottes n'oseront s'éloigner de leurs rives.
Que dis-je ? A son orgueil, tant de fois démenti,
Le Pavillon françois semble être anéanti,
Et l'affreux Léopard, respirant les ravages,
Déjà gronde & rugit autour de nos rivages.

Cependant, quel Génie ou quels puissans efforts
Rouvrent nos arsenaux & repeuplent nos Ports ?
Déjà dans les chantiers de la France indignée,
J'entends gémir au loin la scie & la coignée.
Ces chênes & ces pins qui bravoient dans les airs
Et la fureur des vents & le froid des hyvers,

Qui touchant de leur cîme à la voûte du Monde ,
Plongeoient jufqu'aux enfers leur racine profonde ;
Ces coloffes du Nord, par la terre enfantés ,
Sur un autre élément tout-à-coup tranfportés ,
Fendent le fein des mers , & les vagues dociles
Sabaiffent fous le poids de ces châteaux mobiles.

Quelles mains à l'État ont donné ces fecours ?
C'eft vous , Mortels heureux , mais enviés toujours ;
Vous , que de noirs crayons peignent dans l'abondance,
Vous abreuvant des pleurs verfés par l'indigence.
C'eft vous , Miniftres faints , Pontifes révérés ;
De l'Autel & du Trône appuis chers & facrés.
C'eft toi ; vafte Cité , qui , fidelle à tes Princes ,
Dans les tems malheureux fers d'exemple aux provinces.
Tu ranimes leur zele & les Fleuves François ,
Unis par leur amour, rivaux par leurs bienfaits ,
Vont porter , en roulant leurs ondes fortunées ,
De plus nobles tributs aux deux Mers étonnées.

Généreux Citoyens , que ne puis-je , en ces vers ;
A la poftérité tracer vos noms divers ?
Je laiffe à nos Héros , je laiffe à la Victoire
Le foin de les infcrire aux faftes de la gloire.
Qu'ils doivent leur fplendeur aux fuccès des guerriers :
Que le Lys refleuriffe à côté des Lauriers.

Enfans de Mars , comblez une attente fi belle.
Oui , c'eft à la valeur à couronner le zele.

Partez, nouveaux Jasons, & traversant les flots,
Allez venger la Grèce, allez punir Colchos.
Pour ravir la Toison, par un Monstre gardée,
Vous n'aurez point l'appui des charmes de Médée.
Il faut du Léopard affronter le courroux,
Il faut, sans l'assoupir, l'abattre sous vos coups;
Allez, & que bientôt nos mains reconnoissantes
Puissent orner de fleurs vos poupes triomphantes !

De l'Empire des Lys, toi, Ministre éclairé,
Du vaisseau de l'État le Pilote assuré,
Sage CHOISEUL, poursuis ; sers ton Maître & la France.
J'ignore quels desseins occupent ta prudence.
Ma muse n'ira point, par un zele indiscret,
Du cabinet des Rois pénétrer le secret.
Mais à tes soins actifs la politique unie,
Les vertus de ton cœur, le feu de ton génie,
L'astre prédominant de tes heureux destins,
Tout annonce aujourd'hui des triomphes certains.
C'est par ton entremise & sous ton ministere,
Que vont marcher unis le François & l'Ibere.
Ils naissent ces beaux jours, ces jours trop attendus,
Où l'ayeul des BOURBONS dit qu'on ne verroit plus
Entre l'Espagne & nous les Monts des Pirénées ;
Où les deux Nations, l'une à l'autre enchaînées,
Dans un même intérêt confondant tous leurs vœux,
Du sang & de l'amour resserreroient les nœuds.
Puisse enfin la Tamise, après ces tems d'orage,
Entrer dans les traités de la Seine & du Tage !
Puissé-je voir tes soins consacrés par la paix,
Et l'Univers heureux jouir de tes bienfaits !

F I N.

DU MESME AUTEUR.

Astarbé, Tragédie.
Caliste, ou la belle Pénitente, Tragédie.

d'icelles, tous Actes requis & nécessaires, sans demander autre permission, & nonobstant clameur de haro, Charte Normande & Lettres à ce contraires. CAR TEL EST NOTRE PLAISIR. Donné à Paris le dix-huitiéme jour du mois de Mai, l'an de grace 1763, & de notre regne le quarante-huitiéme. Par le Roi en son Conseil.

LE BEGUE.

Registré sur le Registre quinze de la Chambre Royale & Syndicale des Libraires & Imprimeurs de Paris, N°. 950, fol. 430, conformément aux anciens Reglemens de 1723. A Paris ce 30 Mai 1763.
LE BRETON, *Syndic.*